圖書在版編目（CIP）數據

杜牧詩選 /（唐）杜牧著 ; 曾學文編. -- 揚州 :
廣陵書社, 2013.7
（文華叢書）
ISBN 978-7-80694-968-9

Ⅰ. ①杜… Ⅱ. ①杜… ②曾… Ⅲ. ①唐詩－詩集
Ⅳ. ①I222.742

中國版本圖書館CIP數據核字(2013)第169050號

ISBN 978-7-80694-968-9

9 787806 949689 >

杜牧詩選

著者 （唐）杜牧
編者 曾學文
責任編輯 丁晨晨
出版人 曾學文
出版發行 廣陵書社
社址 揚州市維揚路三四九號
郵編 二二五〇〇九
電話 （〇五一四）八五二二八〇八八 八五二二八〇八九
印刷 揚州廣陵古籍刻印社
印次 二〇一三年七月第一版第一次印刷
標準書號 ISBN 978-7-80694-968-9
定價 玖拾捌圓整（全貳册）

http://www.yzglpub.com E-mail:yzglss@163.com

杜牧詩選

（唐）杜牧 著

廣陵書社
中國·揚州

杜舍人

牧之為人剛直有奇節自負經濟才畧不為齷齪小謹敢論列大事指陳利病尤切少與李甘李中敏宋邧善其通古今善處成敗甘苦不及有樊川集二十卷并注孫武子十三篇其于詩情致豪邁人號小杜以別杜甫楊升菴云律詩至晚唐李義山而下惟杜牧之為㝡宋人評其詩豪而艷宕而麗於律詩中特寓拗峭以矯時弊信然

杜舍人像

杜牧字牧之京兆萬年人善屬文為阿房宮賦人所傳誦吳武陵薦于典貢崔郾請以第一人處之登進士制策二科授大理評事表沈傳師江西團練巡官又為牛僧孺淮南掌書記擢監察御史陞殿中侍御史内供奉追咎長慶以來朝廷措置亡術復失山東所繫天下輕重嫌言不當位名為罪言李德裕素奇其才遷左補闕兼史館修撰歷膳部司勳二員外郎又歷黃池睦湖四州刺史入除考功郎中知制誥遷中書舍人卒年五十

以上選自清・上官周《晚笑堂畫傳》

张好好诗 并序

牧大和三年佐故吏部沈公江西幕好好年十三始以善歌舞來樂籍中後一歲公鎮宣城復置好好於宣城籍中後二年

忽東下笙歌隨舳艫霜凋小謝樓樹沙暖句溪蒲身外任塵土罇前且歡娛飄然集仙客（著作任集賢校理）諷賦欺相如聘之碧瑤珮載

杜牧詩選

以上選自明·黃鳳池輯《唐詩畫譜》

杜牧《山行》詩

山行　杜牧之

家住白雲山北徑迷碧
孤橋東接幾溜〻景雨
老樹落〻秋風

沈惟廬

文華叢書序

時代變遷，經典之風采不衰；文化演進，傳統之魅力更著。古人有登高懷遠之慨，今人有探幽訪勝之思。在印刷裝幀技術日新月异的今天，國粹綫裝書的踪迹愈來愈難尋覓，給傾慕傳統的讀書人帶來了不少惆悵和遺憾。我們編印《文華叢書》，實是爲喜好傳統文化的士子提供精神的享受和慰藉。

叢書立意是將傳統文化之精華萃于一編。以内容言，所選均爲經典名著，自諸子百家、詩詞散文以至蒙學讀物、明清小品，咸予收羅，經數年之積纍，已蔚然可觀。以形式言，則采用激光照排，文字大方，版式疏朗，宣紙精印，綫裝裝幀，讀來令人賞心悦目。同時，爲方便更多的讀者購買，復盡量降低成本、降低定價，好讓綫裝珍品更多地進入尋常百姓人家。

可以想象，讀者于忙碌勞頓之餘，安坐窗前，手捧一册古樸精巧的綫裝書，細細把玩，静静研讀，如沐春風，如品醇釀……此情此景，令人神往。

讀者對于綫裝書的珍愛使我們感受到傳統文化的魅力。近年來，叢書中的許多品種均一再重印。爲方便讀者閱讀收藏，特進行改版，將開本略作調整，擴大成書尺寸，以使版面更加疏朗美觀。相信《文華叢書》會贏得越來越多讀者的喜愛。

有《文華叢書》相伴，可享受高品位的生活。

廣陵書社編輯部

二〇一三年六月

出版説明

杜牧（八〇三—八五三），唐代著名文學家、詩人，字牧之，晚居長安樊川別墅，號樊川居士，京兆萬年（今陝西西安）人。宰相杜佑之孫，杜從鬱之子。唐文宗大和二年進士，授宏文館校書郎、試左武衛兵曹參軍。曾爲江西、宣歙觀察使沈傳師和淮南節度使牛僧孺的幕僚，歷任監察御史，黄州、池州、睦州刺史等職，後入爲司勛員外郎，官至中書舍人。人稱杜舍人；唐中書省别名紫微省，故又稱杜紫微。其古體詩多受杜甫影響，人稱『小杜』，又與李商隱并稱『小李杜』。

杜牧的文學創作有多方成就，詩、賦、古文均稱名家。清人洪亮吉《北江詩話》謂：『有唐一代，詩文兼擅者，惟韓、柳、小杜三家。』擅長文賦，所作《阿房宫賦》爲千古傳誦之名篇。尤其是他的詩歌，在晚唐成就頗高。其古體詩題材廣闊，筆力峭健，近體詩則以文詞清麗、情韵跌宕見長。有《樊川文集》二十卷傳世，其中詩四卷。又有宋人輯補的《樊川外集》和《樊川别集》各一卷。《全唐詩》收其詩八卷。

杜牧詩以七言絶句著稱。他善于采用七絶形式，用鮮明的史論筆法，寓褒貶議論于含蓄藴藉的詩味之中，創作出許多有『二十八字史論』之譽的優秀作品，如《唐詩絶句類選》評《過華清宫絶句三首》其一爲：『此賦當時女寵之盛，而今日凄凉之意于言外見之。』杜牧咏史懷古的七絶多寫得才氣縱横，雖爲悼古傷今，却在峭健之中有風華流美之緻，創造出優美明快的意境，透露出一種俊爽之氣。杜牧又是一位破解風情的才子他的離情傷别詩，如『多情却似總無情』（《贈别二首》其二），將離愁别緒之感抒發到極致。杜牧的紀行、寫景詩善于選取清新明朗的景物來抒懷，筆調清新飄逸，不落窠臼，用色彩鮮明而極具流動感的語言，創造出情景交融的優美詩境，如《山行》，富于詩情畫意，意境優美，明麗而有立體感的清新畫面給人美妙的藝術感受。

晚唐詩歌的總的趨向是藻繪綺密，杜牧受時代風氣影響，也有注重辭采的一面。這種重辭采的傾向和他個人『雄姿英發』的特色相結合，使他的詩風華流美而又神韵疏朗，氣勢豪宕而又精緻婉約。

我社此次編輯出版《杜牧詩選》，主要參考馮集梧《樊川詩集注》，同時參校其他通行諸本，從中精選出杜牧詩中具有代表性的詩作，并略作簡注，附録歷代名家詩評，采用宣紙綫裝形式，以便讀者閱讀鑒賞。

廣陵書社編輯部　二〇一三年七月

目錄

上册

文華叢書序……………………一
出版説明……………………一
杜秋娘詩并序……………………一
張好好詩并序……………………三
冬至日寄小侄阿宜詩……………………五
雪中書懷……………………六
偶游石盎僧舍……………………六
獨酌……………………七
題安州浮雲寺樓寄湖州張郎中……………………八
過驪山作……………………八
題宣州開元寺……………………八
大雨行……………………九
自宣州赴官入京，路逢裴坦判官歸宣州，因題贈……………………九
村行……………………一〇
史將軍二首（選一）……………………一〇
華清宮三十韻……………………一一
長安雜題長句六首（選四）……………………一二
河湟……………………一四
許七侍御弃官東歸，瀟灑江南，頗聞自適，高秋企望，題詩寄贈十韻……………………一五
李給事二首（選一）……………………一五
題永崇西平王宅太尉愬院六韻……………………一六
過勤政樓……………………一六
早春閣下寓直，蕭九舍人亦直內署，因寄書懷四韻……………………一七
秋晚與沈十七舍人期游樊川不至……………………一七
念昔游三首（選一）……………………一八
今皇帝陛下一詔徵兵，不日功集，河湟諸郡，次第歸降，臣獲睹聖功，輒獻歌咏……………………一八
過華清宮絶句三首（選二）……………………一八
登樂游原……………………一九
聞慶州趙縱使君與黨項戰中箭身死長句……………………二〇
夏州崔常侍自少常亞列出

領麾幢十韻……二〇
街西長句……二一
春申君……二一
奉陵宮人……二二
讀韓杜集……二二
李侍郎于陽羡裏富有泉石，牧亦于陽羡粗有薄産，敘舊述懷，因獻長句四韻……二二
送國棋王逢……二三
重送絶句……二三
早春寄岳州李使君。李善棋愛酒，情地閑雅……二三
送王侍御赴夏口座主幕……二四
自遣……二四
題桐葉……二五
沈下賢……二五
贈沈學士張歌人……二六
憶游朱坡四韻……二六
朱坡絶句三首（選二）……二六
出宮人二首……二七
長安秋望……二七
醉眠……二八
杏園……二八
春晚題韋家亭子……二八
雪晴訪趙嘏街西所居三韻……二八
將赴吳興登樂游原一絶……二九
洛陽長句二首……二九
東都送鄭處誨校書歸上都……三〇
故洛陽城有感……三〇
揚州三首……三一
潤州二首……三一
題揚州禪智寺……三二
西江懷古……三三
江南春絶句……三三
將赴宣州留題揚州禪智寺……三四
題宣州開元寺水閣，閣下宛溪，夾溪居人……三四
宣州送裴坦判官往舒州，時牧欲赴官歸京……三五
句溪夏日送盧霈秀才歸王屋山，將欲赴舉……三五
自宣城赴官上京……三六
春末題池州弄水亭……三六
登池州九峰樓寄張祜……三六

齊安郡晚秋……三七
九日齊山登高……三七
池州春送前進士蒯希逸……三八
齊安郡中偶題二首……三八
齊安郡後池絶句……三九
題齊安城樓……三九
見劉秀才與池州妓別……三九
憶齊安郡……四〇
池州清溪……四〇
即事黃州作……四〇

下册

寄李起居四韻……四一
蘭溪……四一
睦州四韻……四一
秋晚早發新定……四一
除官歸京睦州雨霽……四二
新轉南曹，未叙朝散，初秋暑退，出守吳興，書此篇以自見志……四二
題白蘋洲……四三
題茶山……四三
不飲贈官妓……四三
早春贈軍事薛判官……四四
代吳興妓春初寄薛軍事……四四
八月十二日得替後移居霅溪館，因題長句四韻……四四
初冬夜飲……四四
栽竹……四五
梅……四五
隋堤柳……四五
柳絶句……四六
早雁……四六
獨柳……四七
村舍燕……四七
鶴……四七
鴉……四七
歸燕……四八
還俗老僧……四八
將赴湖州留題亭菊……四八
雲……四八
題禪院……四九
題敬愛寺樓……四九
送劉秀才歸江陵……四九

見吳秀才與池妓別，因成絶句……五〇
湖南正初招李郢秀才……五〇
哭韓綽……五〇
往年隨故府吳興公夜泊蕪湖口，今赴官西去，再宿蕪湖，感舊傷懷，因成十六韻……五〇
懷鍾陵舊游四首（選三）……五一
江上雨寄崔碣……五二
罷鍾陵幕吏十三年，來泊湓浦，感舊爲詩……五二
商山麻澗……五二
商山富水驛……五三
題武關……五三
漢江……五四
襄陽雪夜感懷……五四
咏歌聖德，遠懷天寶，因題關亭長句四韻……五四
途中作……五四
赤壁……五五
雲夢澤……五五
除官行至昭應，聞友人出官，因寄……五六
泊秦淮……五六
題桃花夫人廟……五六
初春有感，寄歙州邢員外……五七
書懷寄中朝往還……五七
寄崔鈞……五七
初春雨中舟次和州橫江，裴使君見迎，李、趙二秀才同來，因書四韻，兼寄江南許渾先輩……五八
和州絶句……五八
題烏江亭……五八
寄揚州韓綽判官……五九
送薛種游湖南……五九
汴河懷古……五九
汴河阻凍……六〇
酬張祜處士見寄長句四韻……六〇
寄宣州鄭諫議……六〇
題元處士高亭……六〇
鄭瓘協律……六一
送陸洿郎中弃官東歸……六一

遣興……六一
秋思……六一
途中一絶……六二
春盡途中……六二
題村舍……六二
代人寄遠六言二首……六二
閨情……六三
舊游……六三
寄遠……六三
簾……六三
寄題甘露寺北軒……六四
題青雲館……六四
正初奉酬歙州刺史邢群……六四
江上偶見絶句……六五
入商山……六五
送隱者一絶……六五
題張處士山莊一絶……六六
贈別二首……六六
九日……六七
寄牛相公……六七
爲人題贈二首……六七
盆池……六八
有寄……六八
江樓晚望……六八
吳宮詞二首……六九
金陵……六九
即事……六九
薔薇花……六九
懷紫閣山……七〇
中途寄友人……七〇
寓言……七〇
懷歸……七〇
訪許顏……七一
春日古道傍作……七一
洛中二首（選一）……七一
邊上聞胡笳三首（選一）……七一
別懷……七二
漁父……七二
秋夢……七二
秋晚江上遣懷……七二
長安夜月……七三
春懷……七三
金谷園……七三
隋宮春……七四

江樓……七四
旅宿……七四
聞蟬……七四
題吳興消暑樓十二韻……七五
南陵道中……七五
歸家……七六
咏襪……七六
宮詞二首……七六
月……七七
閨情代作……七七
遣懷……七七
嘆花……七八
題劉秀才新竹……七八
山行……七八
書懷……七九
和宣州沈大夫登北樓書懷……七九
酬王秀才桃花園見寄……七九
秋夕……七九
瑶瑟……八〇
聞角……八〇
破鏡……八〇
牧陪昭應盧郎中在江西宣州，佐今吏部沈公幕，罷府周歲，公宰昭應，牧在淮南縻職，敘舊成二十二韻，用以投寄……八一
宣州開元寺贈惟真上人……八一
不寢……八二
秋日……八二
卜居招書侶……八二
秋霽寄遠……八二
秋晚懷茅山石涵村舍……八三
新柳……八三
雁……八三
惜春……八三
附：
舊唐書本傳……八四
唐書本傳……八五

杜秋娘詩 并序

杜秋，金陵女也。年十五，爲李錡妾。後錡叛滅，籍之入宫，有寵于景陵〔一〕。穆宗即位，命秋爲皇子傅姆。皇子壯，封漳王。鄭注用事，誣丞相欲去己者，指王爲根。王被罪廢削，秋因賜歸故鄉。予過金陵，感其窮且老，爲之賦詩。

京江〔二〕水清滑，生女白如脂。其間杜秋者，不勞朱粉施。老濞〔三〕即山鑄，後庭千雙眉。秋持玉斝〔四〕醉，與唱金縷衣。濞既白首叛，秋亦紅淚滋。吴江落日渡，灞岸緑楊垂。聯裾見天子，盼眄〔五〕獨依依。椒壁〔六〕懸錦幕，鏡奩蟠蛟螭。低鬟認新寵，窈裊復融怡。月上白璧門，桂影凉參差。金階露新重，閑捻紫簫吹。莓苔夾城路，南苑雁初飛。紅粉羽林仗，獨賜辟邪旗。歸來煮豹胎，饜飫〔七〕不能飴。咸池升日慶，銅雀分香悲。雷音後車遠，事往落花時。燕禖〔八〕得皇子，壯髪緑緌緌〔九〕。畫堂授傅姆，天人親捧持。虎睛珠絡褓，金盤犀鎮帷。長楊射熊羆，武帳弄啞咿。漸拋竹馬劇，稍出舞鷄奇。嶄嶄整冠珮，侍宴坐瑶池。眉宇儼圖畫，神秀射朝輝。一尺桐偶人，江充〔十〕知自欺。王幽茅土削，秋放故鄉歸。觚棱拂斗極，迴首尚遲遲。四朝三十載，似夢復疑非。潼關識舊吏，吏髪已如絲。却唤吴江渡，舟人那得知。歸來四鄰改，茂苑草菲菲。清血灑不盡，仰天知問誰。寒衣一疋素，夜借鄰人機。我昨金陵過，聞之爲歔欷。自古皆一貫，變化安能推。夏姬〔一一〕滅兩國，逃作巫臣姬。西子下姑蘇，一舸逐鴟夷〔一二〕。織室魏豹俘〔一三〕，作漢太平基。誤置代籍中，兩朝尊母儀〔一四〕。光武紹高祖，本係生唐兒。珊瑚破高齊，作婢舂黄糜。

蕭后去揚州，突厥爲閼氏。女子固不定，士林亦難期。射鈎後呼父，釣翁王者師。無國要孟子，有人毀仲尼。秦因逐客令，柄歸丞相斯。安知魏齊首，見斷簀中尸。給喪蹶張[一五]輩，廊廟冠峨危。珥貂七葉貴，何妨戎虜支。蘇武却生返，鄧通終死飢。主張既難測，翻覆亦其宜。地盡有何物，天外復何之。指何爲而捉，足何爲而馳。耳何爲而聽，目何爲而窺。己身不自曉，此外何思惟。因傾一樽酒，題作杜秋詩。愁來獨長咏，聊可以自怡。

選注：

〔一〕景陵：唐憲宗，死後葬景陵。穆宗爲其第三子。

〔二〕京江：長江流經京口（今鎮江）北的一段，稱京江。

〔三〕老濞：西漢吳王劉濞，曾在封國即山鑄錢，煮海水爲鹽，以故國家富足。

〔四〕玉斝：古代玉制的酒器。斝（音甲），酒器，圓口、平底、三足。

〔五〕盼眄：顧盼。眄（音勉），視，看。

〔六〕椒壁：以椒和泥所塗之墻壁，温而芬芳。多指后妃居室。

〔七〕饜飫：飽食，飽足。飫（音欲），古代貴族家庭私宴。

〔八〕燕禖：古代帝王于春暖燕來之日祀禖神以求嗣。禖（音媒），古代求子之祀；或謂主管嫁娶之禖神。

〔九〕緌緌：物下垂貌。緌（音蕤），古代冠帶打結後下垂的部分。

〔十〕江充：漢武帝近臣，于太子宫行巫蠱之術構陷太子。

〔一一〕夏姬：春秋時鄭穆公之女，嫁予陳國夏御叔爲妻。美貌風流，幾致陳亡。

〔一二〕鴟夷：皮革制的口袋。史載范蠡助越滅吴後，乘扁舟浮于江湖，自號鴟夷子皮。

〔一三〕織室魏豹俘：謂漢軍俘虜項羽部將魏豹，劉邦于織室見豹妻薄姬，納爲嬪妃，生文帝，開創文景之治。

〔一四〕兩朝尊母儀：謂漢文帝皇后竇氏，生景帝，于景帝、武帝兩朝尊爲皇太后、太皇太后。

〔一五〕給喪蹶張：給喪謂漢周勃，年輕時曾爲人吹簫給喪事；蹶張謂漢申屠嘉，初入伍時爲材官蹶張，即脚踩踏弓弩發射箭的小兵。

彙評：

清·賀貽孫《詩筏》：杜牧之作《杜秋娘》五言長篇，當時膾炙人口，李義山所謂『杜牧司勳字牧之，清秋一首《杜秋詩》。前身應是梁江總，名總還會字總持』是也。余謂牧之自有佳處，此詩借秋娘以嘆貴賤盛衰之倚伏，雖亦感慨淋漓，然終嫌其語意太盡。層層引喻，層層議論，仍是作《阿房宮賦》本色，遂使漢魏渾涵之意，漸至澌滅，是亦五言古之一變。

清·賀裳《載酒園詩話又編》：杜紫微詩，唯絶句最多風調，味永趣長，有明月孤映、高霞獨舉之象，餘詩則不能耳。昔人多稱其《杜秋詩》，今觀之，真如暴漲奔川，略少渟泓澄澈。如叙秋入宮，漳王自少及壯，以至得罪廢削，如『一尺桐偶人，江充知自欺』，語亦可觀。但至『我昨金陵過，聞之爲歔欷』，詩意已足。後却引夏姬、西子、薄后、唐兒、呂、管、孔、孟，滔滔不絶，如此作詩，十紙難竟。至後『指何爲而捉，足何爲而馳。耳何爲而聽，目何爲而窺』，所爲雅人深致何在？此詩不敢攀《琵琶行》之踵。或曰以備詩史，不可從篇章論，則前半吾無敢言，後終不能不病其衍。

張好好詩 并序

牧大和三年，佐故吏部沈公江西幕。好好年十三，始以善歌來樂籍中。後一歲，公移鎮宣城，復置好好于宣城籍中。後二歲，爲沈著作述師，以雙鬟納之。後二歲，于洛陽東城重睹好好，感舊傷懷，故題詩贈之。

君爲豫章姝，十三才有餘。翠茁鳳生尾，丹葉蓮含跗。高閣倚天半，章江聯碧虛。此地試君唱，特使華筵鋪。主人顧四座，始訝來踟躕。吳娃〔一〕起引贊，低徊映長裾。雙鬟可高下，才過青羅襦。盼盼乍垂袖，一聲雛鳳呼。繁弦迸關紐，塞管裂圓蘆。衆音不能逐，裊裊穿雲衢。主人再三嘆，謂言天下殊。贈之天馬錦，副以水犀梳。龍沙〔二〕看秋浪，明月游朱湖。自此每相見，三日已爲疏。玉質隨月滿，艷態逐春舒。絳唇漸輕巧，雲步轉虛徐。旌旆〔三〕忽東下，笙歌隨舳艫。霜凋謝樓樹，沙暖句溪〔四〕蒲。身外任塵土，樽前極歡娛。飄然集仙客，諷賦欺相如。聘之碧瑶珮，載以紫雲車。洞閉水聲遠，月高蟾影孤。爾來未幾歲，散盡高陽徒〔五〕。洛城重相見，婥婥爲當壚。怪我苦何事，少年垂白鬚。朋游今在否，落拓更能無。門館慟哭後，水雲秋景初。斜日挂衰柳，涼風生座隅。灑盡滿襟泪，短歌聊一書。

選注：

〔一〕吳娃：吳地美貌女子。

〔二〕龍沙：在豫章（今南昌）城西北贛水之濱，傳説其地時見龍迹。

〔三〕旌旆（音佩）：旗幟，代指軍隊。

〔四〕句溪：水名，在今安徽宣城。

〔五〕高陽徒：秦末高陽人酈食其曾對劉邦自稱「高陽酒徒」，後指嗜酒而放蕩不羈者。高陽在今河南杞縣。

冬至日寄小侄阿宜詩

小侄名阿宜，未得三尺長。頭圓筋骨緊，兩臉明且光。去年學官人，竹馬繞四廊。指揮群兒輩，意氣何堅剛。今年始讀書，下口三五行。隨兄旦夕去，斂手整衣裳。去歲冬至日，拜我立我旁。祝爾願爾貴，仍且壽命長。今年我江外，今日生一陽〔一〕。憶爾不可見，祝爾傾一觴。陽德比君子，初生甚微茫。排陰出九地，萬物隨開張。一似小兒學，日就復月將〔二〕。勤勤不自已，二十能文章。仕宦至公相，致君作堯湯。我家公相家，劍佩嘗丁當。舊第開朱門，長安城中央。第中無一物，萬卷書滿堂。家集二百編，上下馳皇王。多是撫州寫，今來五紀强。尚可與爾讀，助爾爲賢良。經書括根本，史書閱興亡。高摘屈宋艷，濃薰班馬香。李杜泛浩浩，韓柳摩蒼蒼。近者四君子，與古爭强梁〔三〕。願爾一祝後，讀書日日忙。一日讀十紙，一月讀一箱。朝廷用文治，大開官職場。願爾出門去，取官如驅羊。吾兄苦好古，學問不可量。晝居府中治，夜歸書滿床。後貴有金玉，必不爲汝藏。崔昭生崔蕓，李兼生窟郎。堆錢一百屋，破散何披猖。今雖未即死，餓凍幾欲僵。參軍與縣尉，塵土驚劻勷〔四〕。一語不中治，笞棰身滿瘡。官罷得絲髮，好買百樹桑。税錢未輸足，得米不敢嘗。願爾聞我語，歡喜入心腸。大明帝宮闕，杜曲我池塘。我若自潦倒，看汝爭翱翔。總語諸小道，此詩不可忘。

選注：

〔一〕生一陽：謂冬至，其後白天漸長，故冬至又稱一陽生。

〔二〕日就復月將：每天有成就，每月有進步。形容精進不止。

〔三〕强梁：勇武，有力。

〔四〕劻勷（音匡瓤）：惶恐不安的樣子。

雪中書懷

臘雪一尺厚，雲凍寒頑痴。孤城〔一〕大澤畔，人疏烟火微。憤悱欲誰語，憂慍不能持。天子號仁聖，任賢如事師。凡稱曰治具，小大無不施。明庭開廣敞，才雋受羈維。如日月恒〔二〕升，若鸞鳳葳蕤。人才自朽下，弃去亦其宜。北虜壞亭障，聞屯千里師。牽連久不解，他盜恐旁窺。臣實有長策，彼可徐鞭笞。如蒙一召議，食肉寢其皮。斯乃廟堂事，爾微非爾知。向來躐等語，長作陷身機。行當臘欲破，酒齊〔三〕不可遲。且想春候暖，瓮間傾一巵。

選注：

〔一〕孤城：指黄州，在雲夢澤畔。作者時任黄州刺史。

〔二〕恒：謂月上弦。《詩經·小雅》：「如月之恒，如日之升。」

〔三〕酒齊：古代依酒之清濁分爲五等，稱五齊：一曰泛齊，二曰醴齊，三曰盎齊，四曰緹齊，五曰沈齊。

偶游石盎僧舍 宣州作

敬岑〔一〕草浮光，句沚〔二〕水解脉。益鬱乍怡融，凝嚴忽頹坼。梅顙〔三〕暖眠酣，風緒和無力。鳧浴漲汪汪，雛嬌村冪冪。落日美樓臺，輕烟飾阡陌。瀲綠古津遠，積潤苔基釋。孰謂漢陵人，來作江汀客。載筆念無能，捧籌慚所畫。任轡偶追閑，逢幽果遭適。僧語淡如雲，塵事繁堪織。今古幾輩人？而我何能息。

選注：

〔一〕敬岑：敬亭山，在安徽宣州城北。山小而高者曰岑。

〔二〕句沚：即句溪。見前注。

〔三〕纇（音類）：絲之節。

獨酌

長空碧杳杳，萬古一飛鳥。生前酒伴閑，愁醉閑多少。烟深隋家寺，殷葉暗相照。獨佩一壺游，秋毫泰山小。

彙評：

清·潘德輿《養一齋詩話》：史稱其（牧之）剛直有大節，余觀其詩，亦伉爽有逸氣，實出李義山、温飛卿、許丁卯諸公上。如『樓倚霜樹外，鏡滅無一毫。南山與秋色，氣勢兩相高』、『長空碧杳杳，萬古一飛鳥……獨佩一壺游，秋毫泰山小』、『寒空動高吹，月色滿清砧……又寄徵衣去，迢迢天外心』、『長空澹澹孤鳥沒，萬古銷沉向此中。看取漢家何事業，五陵無樹起秋風』，皆竟體超拔，俯視一切。烏可以『玉筯凝時紅粉和』、『滿街含笑綺羅春』等句盡其生平耶？

題安州浮雲寺樓寄湖州張郎中

去夏疏雨餘，同倚朱欄語。當時樓下水，今日到何處。恨如春草多，事與孤鴻去。楚岸柳何窮，別愁紛若絮。

過驪山作

始皇東游出周鼎，劉項縱觀皆引頸。削平天下實辛勤，却爲道旁窮百姓。黔首不愚爾益愚，千里函關囚獨夫。牧童火入九泉底，燒作灰時猶未枯。〔一〕

選注：

〔一〕牧童二句：史載曾有羊群誤入秦始皇陵地穴，牧童持火把找尋，失火燒毀其棺椁。

題宣州開元寺 寺置于東晋時

南朝謝朓樓，東吴最深處。亡國去如鴻，遺寺藏烟塢。樓飛九十尺，廊環四百柱。高高下下中，風繞松桂樹。青苔照朱閣，白鳥兩相語。溪聲入僧夢，月色暉粉堵。閱景無旦夕，憑欄有今古。留我酒一樽，前山看春雨。

大雨行 開成三年，宣州開元寺作

東垠黑風駕海水，海底卷上天中央。三吳六月忽凄慘，晚後點滴來蒼茫。錚棧雷車軸轍壯，矯躍蛟龍爪尾長。神鞭鬼馭載陰帝〔一〕，來往噴灑何顛狂。四面崩騰玉京仗，萬里縱橫羽林槍。雲纏風束亂敲磕，黄帝未勝蚩尤强。百川氣勢苦豪俊，坤關密鎖愁開張。大和六年亦如此，我時壯氣神洋洋。東樓聳首看不足，恨無羽翼高飛翔。盡召邑中豪健者，闊展朱盤開酒場。奔觥槌鼓助聲勢，眼底不顧纖腰娘。今年闒茸〔二〕鬢已白，奇游壯觀唯深藏。景物不盡人自老，誰知前事堪悲傷？

選注：

〔一〕陰帝：即女媧。《淮南子》：「女媧鍊五色石以補天。」注：「女媧陰帝，佐伏羲治者也。」

〔二〕闒（音榻）茸：指庸庸碌碌、無所作爲的人。

彙評：

宋·葛立方《韵語陽秋》：詩人比雨，如絲如膏之類甚多；至爲此，恐未盡其形似……《大雨行》云：「四面崩騰玉京仗，萬里横亘羽林槍。」豈去國凄斷之情，不能忘鷄翹豹尾中邪？

自宣州赴官入京，路逢裴坦判官歸宣州，因題贈

敬亭山下百頃竹，中有詩人小謝城。城高跨樓滿金碧，下聽一溪寒水聲。梅花落徑香繚繞，雪白玉璫花下行。縈風酒旆挂朱閣，半醉游人聞

弄笙。我初到此未三十，頭腦釤利〔一〕筋骨輕。畫堂檀板秋拍碎，一引有時聯十觥。老閑腰下丈二組〔二〕，塵土高懸千載名。重游鬢白事皆改，唯見東流春水平。對酒不敢起，逢君還眼明。雲罍看人捧，波臉任他橫。一醉六十日，古來聞阮生。是非離別際，始見醉中情。今日送君話前事，高歌引劍還一傾。江湖酒伴如相問，終老烟波不計程。

選注：

〔一〕釤利：清爽。釤（音扇）：鐮刀，喻鋒利。

〔二〕組：系官印的寬絲帶，代指官印。

村行

春半南陽西，柔桑過村塢。裊裊垂柳風，點點迴塘雨。蓑唱牧牛兒，籬窺茜裙女。半濕解征衫，主人饋鷄黍。

史將軍二首（選一）

壯氣蓋燕趙，耽耽魁杰人。彎弧五百步，長戟八十斤。河湟非內地，安史有遺塵。何日武臺坐，兵符授虎臣？

華清宮三十韻

綉嶺明珠殿，層巒下繚墻。仰窺丹檻影，猶想赭袍光。昔帝登封後，中原自古强。一千年際會，三萬里農桑。几席延堯舜，軒墀接禹湯。雷霆馳號令，星斗焕文章。釣築〔一〕乘時用，芝蘭在處芳。北扉〔二〕閑木索，南面〔三〕富循良。至道〔四〕思玄圃〔五〕，平居厭未央。鈎陳〔六〕裹岩谷，文陛壓青蒼。歌吹千秋節，樓臺八月凉。神仙高縹緲，環佩碎丁當。泉暖涵窗鏡，雲嬌惹粉囊。嫩嵐滋翠葆，清渭照紅妝。帖泰生靈壽，歡娛歲序長。月聞仙曲調，霓作舞衣裳。雨露偏金穴，乾坤入醉鄉。玩兵師漢武，迴手倒干將〔七〕。鯨鬣掀東海，胡牙揭上陽。喧呼馬嵬血，零落羽林槍。傾國留無路，還魂怨有香。蜀峰横慘澹，秦樹遠微茫。鼎重山難轉，天扶業更昌。望賢餘故老〔八〕，花萼舊池塘。往事人誰問，幽襟泪獨傷。碧檐斜送日，殷葉半凋霜。迸水傾瑶砌，疏風罅玉房。塵埃羯鼓索，片段荔枝筐。鳥啄摧寒木，蝸涎蠹畫梁。孤烟知客恨，遥起泰陵傍。

選注：

〔一〕釣築：釣指吕尚，嘗垂釣于渭水之濱，後助武王興周。築指商武丁大臣傅説，早期爲築墻之奴隸。

〔二〕北扉：漢代囚禁犯人之所。

〔三〕南面：古代帝王南面而坐，因代稱帝王，亦指朝廷。

〔四〕至道：指唐玄宗，其謚號爲『至道大聖大明孝皇帝』，亦稱明皇。

〔五〕玄圃：傳説中神仙所居之所。此指華清宮。

〔六〕鈎陳：星宿名，即北極星。代指后宮。

〔七〕干將：傳説中吴人干將與其妻莫邪所鑄寶劍。此指兵權。

〔八〕望賢句：玄宗爲避叛軍西奔蜀，途經咸陽東望賢驛，有父老獻食。

彙評：

宋·張戒《歲寒堂詩話》：往年過華清宫，見杜牧之、温庭筠二詩，俱刻石于浴殿之側，必欲較其優劣而不能。近讀庭筠詩，乃知牧之之工，庭筠……與牧之詩不可同日而語也……《華清宫三十韵》鏗鏘飛動，極叙事之工。

宋·周紫芝《竹坡詩話》：杜牧之《過華清宫三十韵》，無一字不可入意。其叙開元一事，意直而詞隱，曄然有騷雅之風。至『一千年際會，三萬里農桑』之語，置此詩中，如伶優與嵇、阮并席而談，豈不敗人意哉！

長安雜題長句六首（選四）

晴雲似絮惹低空，紫陌微微弄袖風。韓嫣金丸莎覆緑，許公韉汗杏黏紅。宇文述封許國公，制馬韉，于後角上缺方三寸，以露白色，時謂許公缺勢。烟生窈窕深東第〔一〕，輪撼流蘇下北宫〔二〕。自笑苦無樓護〔三〕智，可憐鉛槧竟何功〔四〕。

選注：

〔一〕東第：長安城東貴族王侯所居府第。

〔二〕北宫：在長安未央宫北，爲貴族王公游玩之所。

〔三〕樓護：字君卿，西漢末齊人。善言談，多交結權貴。

〔四〕可憐句：西漢揚雄不事逢迎，唯喜懷鉛提槧治學。

雨晴九陌鋪江練，嵐嫩千峰叠海濤。南苑草芳眠錦雉，夾城雲暖下霓旌。少年羈絡青紋玉，游女花簪紫蒂桃。江碧柳深人盡醉，一瓢顏巷日空高。

彙評：

清・王夫之《唐詩評選》：琢處見情，率處見真。

清・金聖嘆《貫華堂選批唐才子詩》：「江練」、「海濤」，寫出勝地；「草芳」、「雲暖」，寫出良辰。又及「南苑」、「夾城」者，蓋其意之所指乃獨在斯也。五、六又寫少年，又寫游女，言長安以天子輦轂之下，而其男女風俗如此，此誰實開之乎？七、八自言屹然獨不爲淫風之所漸染也。

洪河清渭天池浚，太白終南地軸橫。祥雲輝映漢宮紫，春光綉畫秦川明。草妒佳人鈿朵色，風迴公子玉銜聲。六飛南幸芙蓉苑，十里飄香入夾城。

彙評：

元・方回《瀛奎律髓》：詩人于四方風土皆能言之，至于長安、洛陽、鄴都、金陵帝王建都之地，則多見于懷古之作，而述今者少。牧之長安六詩，于五詩之末，各寓閑中自静之意。獨此詩前誇形勢，後叙侈麗，亦足以形容天府之盛，故取之……當其時，郊、島、元、白下世之後，張祜、趙嘏諸人皆不及牧之。蓋頗能用老杜句律，自爲翹楚，不卑卑于晚唐之酸楚凄砌也。

《貫華堂選批唐才子詩》：一，寫長安如此水；二，寫長安如此山；三、四却于如此山水中間，寫長安如此宮闕迤邐；五，寫長安如此佳麗；六，寫長安如此游俠。自一、二、三、四，漸漸寫至五、六，而後七、八方始直寫「六飛南幸」、「十里聞香」。言長安如此流風遺俗，皆是上行下效也。

豐貂長組金張[一]輩，駟馬文衣許史[二]家。白鹿原頭回獵騎，紫雲樓下醉江花。九重樹影連清漢，萬壽山光學翠華。誰識大君謙讓德，一毫名利鬥蛙蟆。聖上不受徽號。

選注：

〔一〕金張：金指金日磾，張指張湯，均爲漢代功臣世家。

〔二〕許史：許爲漢宣帝皇后許氏，史爲宣帝母家，兩家均以外戚顯貴。

河湟〔一〕

元載〔二〕相公曾借箸〔三〕，憲宗皇帝亦留神。旋見衣冠就東市，忽遺弓劍〔四〕不西巡。牧羊驅馬雖戎服，白髮丹心盡漢臣。唯有涼州歌舞曲，流傳天下樂閑人。

選注：

〔一〕河湟：黃河、湟水二水合流處，即河西、隴右一帶，唐肅宗後落入吐蕃之手。

〔二〕元載：唐代宗時宰相，曾任西州刺史。

〔三〕借箸：《史記》載張良對劉邦語：『臣請藉前箸爲大王籌之。』此指元載曾就收復河湟獻策。

〔四〕忽遺弓劍：謂憲宗突然死去。

彙評：

宋·吴可《藏海詩話》：『元載相公曾借箸，憲宗皇帝亦留神。』此聯甚陋。唐人多如此……子蒼云：小杜《河湟》一篇第二聯『旋見衣冠就東市，忽遺弓劍不西巡』極佳，爲『借箸』一聯累耳。

許七侍御弃官東歸，瀟灑江南，頗聞自適，高秋企望，題詩寄贈十韵

天子綉衣吏，東吴美退居。有園同庾信，避事學相如。蘭畹晴香嫩，筠溪翠影疏。江山九秋後，風月六朝餘。錦帙開詩軸，青囊〔一〕結道書。霜岩紅薜荔，露沼白芙蕖。睡雨高梧密，棋燈小閣虚。凍醪元亮秋〔二〕，寒鱠季鷹魚〔三〕。塵意迷今古，雲情識卷舒。他年雪中棹，陽羡訪吾廬。于義興縣，近有水榭。

選注：

〔一〕青囊：晋郭璞從郭公學道，公授以青囊書，璞遂通五行天文卜筮之術。

〔二〕元亮秋：晋陶淵明字元亮，性嗜酒，任彭澤令時，悉令種秫稻。

〔三〕季鷹魚：晋張翰字季鷹，吴郡人。在洛見秋風起，因思吴中菰菜羹、鱸魚膾，遂歸鄉隱居。

李給事〔一〕二首（選一）

一章緘拜皂囊中，懔懔朝廷有古風。元禮〔二〕去歸緱氏學，江充〔三〕來見犬臺宫。紛紜白晝驚千古，鈇鑕朱殷幾一空。〔四〕曲突徙薪〔五〕人不會，海邊今作釣魚翁。

選注：

〔一〕李給事：即李中敏，與杜牧友善，曾于文宗朝上奏章請斬誣逐宰相宋申錫的奸臣鄭注。

〔二〕元禮：東漢李膺字元禮，潁川人，有氣節，因黨錮之禍遇害。

〔三〕江充：漢武帝時佞臣，曾以巫蠱事構陷太子劉據，事敗被殺。

〔四〕紛紜二句：謂『甘露之變』事，唐文宗與鄭注等密謀鏟除宦官仇士良等，事敗，仇士良大肆誅殺朝官，朝堂幾爲一空。鈇鑕（音夫治），古代腰斬時所用刑具。鈇即鍘刀，鑕爲鍘刀座。

〔五〕曲突徙薪：把烟囱改建成彎曲的，把竈旁的柴草搬走。比喻事先采取措施，才能防止災禍。突，烟囱。

題永崇西平王宅太尉愬院六韻

天下無雙將，關西〔一〕第一雄。授符黃石老〔二〕，學劍白猿翁〔三〕。矯矯雲長勇，恂恂郤縠風。家呼小太尉，國號大梁公。太尉季弟司徒德亦封梁國公。半夜龍驤去，中原虎穴空。隴山兵十萬，嗣子握雕弓。今鳳翔李尚書太尉長子。

選注：

〔一〕關西：指函谷關以西地方。《後漢書·虞咏傳》：『關西出將，關東出相。』

〔二〕黃石老：傳說秦漢之際張良曾遇黃石公，被授《太公兵法》。

〔三〕白猿翁：傳說春秋時越國善舞劍者，稱袁公。

過勤政樓〔一〕

千秋佳節〔二〕名空在，承露絲囊世已無。唯有紫苔偏稱意，年年因雨上金鋪。

選注：

〔一〕勤政樓：唐玄宗開元初年所建，全稱『勤政務本之樓』，爲皇帝處理政務、舉行典禮之地。

〔二〕千秋佳節：開元十七年（七二九）八月五日，爲玄宗生日，丞相奏請定爲千秋節，布告天下。

彙評：

近代·俞陛云《詩境淺説續編》：開元之勤政樓，在長慶時白樂天過之，已駐馬徘徊，及杜牧重游，宜益見頹廢。詩言問其名則空稱佳節，求其物已無復珠囊，昔年壯麗金鋪，經春雨年年，已苔花綉滿矣。

早春閣下寓直，蕭九舍人亦直内署，因寄書懷四韵

御水初消凍，宫花尚怯寒。千峰横紫翠，雙闕憑欄干。玉漏輕風順，金莖淡日殘。王喬在何處，清漢正驂鸞。

秋晚與沈十七舍人期游樊川〔一〕不至

邀侶以官解，泛然成獨游。川光初媚日，山色正矜秋。野竹疏還密，岩泉咽復流。杜郵連濁水，晚步見垂鈎。

選注：

〔一〕樊川：在今陝西長安。漢樊噲食邑于此，因以得名。杜牧有别業在此。

念昔游三首（選一）

十載飄然繩檢外，樽前自獻自爲酬。秋山春雨閑吟處，倚遍江南寺寺樓。

彙評：

《唐人萬首絶句選評》：含情言外，悠然神遠。

今皇帝陛下一詔徵兵，不日功集，河湟諸郡，次第歸降，臣獲睹聖功，輒獻歌咏

捷書皆應睿謀期，十萬曾無一鏃遺〔一〕。漢武慚誇朔方地，宣王休道太原師。威加塞外寒來早，恩入河源凍合遲。聽取滿城歌舞曲，凉州聲韵喜參差。

選注：

〔一〕鏃遺：謂損折箭矢。借指細微的損失。

過華清宮絶句三首（選二）

長安迴望綉成堆，山頂千門次第開。一騎紅塵妃子笑，無人知是荔枝來。

彙評：

宋·謝枋得等《注解選唐詩》：明皇天寶間，涪州貢荔枝，到長安，色香不變，貴妃乃喜。州縣以郵傳疾走稱上意，人馬僵斃，相望于道。『一騎紅塵妃子笑，無人知是荔枝來』，形容走傳之神速如飛，人不見其何物也。又見明皇致遠物以悦婦人，窮人之力，絶人之命，有所不顧。如之何不亡？

新豐緑樹起黄埃，數騎漁陽探使回。帝使中使輔璆琳探禄山反否，璆琳受禄山金，言禄山不反。霓裳一曲千峰上，舞破中原始下來。

彙評：

清・黄叔燦《唐詩箋注》：『舞破中原始下來』，造句驚人，奇絶，痛絶！

清・周咏棠《唐賢小三昧集續集》：語帶詼諧，妙絶千古。

登樂游原

長空澹澹孤鳥没，萬古銷沉向此中。看取漢家何事業，五陵〔一〕無樹起秋風。

選注：

〔一〕五陵：西漢高祖長陵、惠帝安陵、景帝陽陵、武帝茂陵和昭帝平陵。

彙評：

明・高棅《唐詩品彙》：謝雲：漢家基業之廣大爲何如，今日登原一望，五陵變爲荒田墅草，無樹木可以起秋風矣。盛衰無常，廢興有時，有天下者觀此，亦可以慄慄危懼。

清・陸次雲《五朝詩善鳴集》：牧之絶句，中唐中《廣陵散》也，篇篇熟于人口，其意彌新，真是曲高和寡。

《唐人萬首絶句選評》：沉鬱頓挫，感慨不盡。

聞慶州趙縱使君與黨項戰中箭身死長句

將軍獨乘鐵驄馬，榆溪戰中金僕姑〔一〕。死綏〔二〕却是古來有，驍將自驚今日無。青史文章争點筆，朱門歌舞笑捐軀。誰知我亦輕生者，不得君王丈二殳。

選注：

〔一〕金僕姑：箭名。據《左傳》載，魯莊公曾以此箭射中南宫長萬。

〔二〕死綏：因兵敗退却而當死罪。古稱退軍曰綏。

彙評：

清·王俊臣等《唐詩鼓吹箋注》：通篇祇首二句叙題，餘俱以議論成詩，另出手眼。

清·朱三錫《東岩草堂評訂唐詩鼓吹》：夫死綏之臣，當今所無；勇敢之將，從古所有。却用反筆倒换，頓令趙公勇悍之氣，奕奕生動，雖死猶生也。

夏州崔常侍自少常亞列出領麾幢十韵

帝命詩書將，壇登禮樂卿。三邊要高枕，萬里得長城。對客猶褒博，填門已旆旌。腰間五綬貴，天下一家榮。野水差新燕，芳郊哢夏鶯。別風嘶玉勒，殘日望金莖。榆塞孤烟媚，銀川緑草明。戈矛虓〔一〕虎士，弓箭落雕兵。魏絳〔二〕言堪采，陳湯〔三〕事偶成。若須垂竹帛，静勝是功名。

選注：

〔一〕虓（音肖）：虎怒吼。

〔二〕魏絳：春秋時晉國卿，曾向晉悼公建言并實施和戎之策。

〔三〕陳湯：西漢將領，曾出使西域，與甘延壽矯制徵討郅支單于，誅殺之。

街西長句

碧池新漲浴嬌鴉，分鎖長安富貴家。游騎偶同人鬥酒，名園相倚杏交花。銀鞦騕褭〔一〕嘶宛馬〔二〕，綉鞅璁瓏走鈿車。一曲將軍何處笛，連雲芳樹日初斜。

選注：

〔一〕騕褭：神馬名，傳説能日行萬里。

〔二〕宛馬：古代西域大宛國所産良馬。

彙評：

《唐詩鼓吹箋注》：首句先寫出『新漲浴嬌鴉』五字，襯起『碧池』。文章點染，鮮妍可喜。

清·胡本淵《唐詩近體》：（名園相倚杏交花）佳句，比『緑楊宜作兩家春』尤妙。

春申君

烈士思酬國士恩，春申誰與快冤魂。三千賓客總珠履，欲使何人殺李園。

奉陵宮人

相如死後無詞客，延壽亡來絕畫工。玉顏不是黃金少，淚滴秋山入壽宮。

讀韓杜〔一〕集

杜詩韓集愁來讀，似倩麻姑〔二〕癢處搔。天外鳳凰誰得髓？無人解合續弦膠。

選注：

〔一〕韓杜：謂韓愈與杜甫。

〔二〕麻姑：傳説中女仙名，其手形如鳥爪。據《神仙傳》載，麻姑曾至蔡經家，『經心言背大癢時，得此爪以爬背，當佳也。』

李侍郎于陽羨裏富有泉石，牧亦于陽羨粗有薄產，敘舊述懷，因獻長句四韵

冥鴻〔一〕不下非無意，塞馬歸來是偶然。紫綬公卿〔二〕今放曠，白頭郎吏〔三〕尚留連。終南山下抛泉洞，陽羨溪中買釣船。欲與明公操履杖，願聞休去是何年。

選注：

〔一〕冥鴻：高飛的鴻雁。喻避世隱居者。

〔二〕紫綬公卿：指李侍郎，即李褒，曾任禮部侍郎。

〔三〕白頭郎吏：作者時任司勛員外郎，以此自稱。

送國棋王逢

玉子紋楸一路饒，最宜檐雨竹蕭蕭。羸形暗去春泉長，拔勢橫來野火燒。守道還如周伏柱〔一〕，鏖兵不羨霍嫖姚〔二〕。得年七十更萬日，與子期于局上銷。

選注：

〔一〕周伏柱：謂春秋時老聃，即老子，曾爲周柱下史。

〔二〕霍嫖姚：指漢武帝時驃騎將軍霍去病。

重送絶句

絶藝如君天下少，閑人似我世間無。別後竹窗風雪夜，一燈明暗覆吴圖。

早春寄岳州李使君。李善棋愛酒，情地閑雅

城高倚峭巘，地勝足樓臺。朔漠暖鴻去，瀟湘春水來。縈盈幾多思，掩抑若爲裁。返照三聲角，寒香一樹梅。烏林芳草遠，赤壁健帆開。往事空遺恨，東流豈不迴。分符潁川政〔一〕，吊屈洛陽才〔二〕。拂匣調珠柱，磨鉛勘玉杯。棋翻小窟勢，爐撥凍醪醅。此興予非薄，何時得奉陪？

選注：

〔一〕潁川政：西漢潁川太守黃霸，持政寬和，深得民心，治爲天下第一。

〔二〕洛陽才：指漢賈誼，洛陽人，才思超群。

送王侍御赴夏口座主幕

君爲珠履三千客〔一〕，我是青衿七十徒〔二〕。禮數全優知隗始，討論常見念回愚。黃鶴樓前春水闊，一杯還憶故人無。

選注：

〔一〕珠履三千客：謂有謀略之人。《史記》載，楚國公子春申君養門客三千餘人，其上客皆躡珠履。

〔二〕青衿七十徒：青衿爲周代學子的服裝，古指讀書人。孔子有弟子三千人，達者七十二人。

自遣

四十已云老，況逢憂窘餘。且抽持板手，却展小年書。嗜酒狂嫌阮，知非〔一〕晚笑蘧。聞流寧嘆吒，待俗不親疏。遇事知裁剪，操心識卷舒。還稱二千石〔二〕，于我意如何？

選注：

〔一〕知非句：蘧指蘧伯玉，春秋時衛國人。《淮南子·原道》：『蘧伯玉年五十，而知四十九年之非。』

〔二〕二千石：漢郡守俸祿二千石，唐刺史與此職類。作者時任黃州刺史，故自稱。

題桐葉

去年桐落故溪上，把葉因題歸燕詩。江樓今日送歸燕，正是去年題葉時。葉落燕歸真可惜，東流玄髮且無期。笑筵歌席反惆悵，朗月清風見別離。莊叟彭殤同在夢，陶潛身世兩相遺。一丸五色成虛語，石爛松薪更莫疑。哆侈不勞文似錦，進趨何必利如錐。錢神任爾知無敵，酒聖于吾亦庶幾。江畔秋光蟾閣鏡，檻前山翠茂陵眉。樽香輕泛數枝菊，檐影斜侵半局棋。休指宦游論巧拙，衹將愚直禱神祇。三吳烟水平生念，寧向閑人道所之。

沈下賢

斯人清唱何人和，草徑苔蕪不可尋。一夕小敷山下夢，水如環佩月如襟。

彙評：

《唐人萬首絕句選評》：小杜之詠下賢，猶義山之詠小杜，皆自有暗合意。

《詩境淺說續編》：前二句言獨行苔徑，清咏無人，乃懷沈下賢也。後言重過小敷山下，明月墮襟，水聲鳴珮，凝想悠然。詩意若有微波通辭之感，不類《停雲》懷友之詩。

贈沈學士〔一〕張歌人〔二〕

拖袖事當年，郎教唱客前。斷時輕裂玉，收處遠繰烟。孤直緪雲定〔三〕，光明滴水圓。泥情遲急管，流恨咽長弦。吳苑春風起，河橋酒旆懸。憑君更一醉，家在杜陵邊。

選注：

〔一〕沈學士：謂集賢學士沈述師，字子明。

〔二〕張歌人：即張好好，作者另有《張好好詩并序》。

〔三〕緪雲定：謂歌聲響遏行雲，典出《列子》。緪，同『亘』，連接，貫通。

憶游朱坡四韻

秋草樊川路，斜陽覆盎門。獵逢韓嫣〔一〕騎，樹識館陶園。帶雨經荷沼，盤烟下竹村。如今歸不得，自戴望天盆〔二〕。

選注：

〔一〕韓嫣：漢武帝時寵臣，善騎射，嘗招搖過市，人以爲天子。

〔二〕自戴句：借用司馬遷《報任安書》『僕以爲戴盆何以望天』語。

朱坡絶句三首（選二）

故國池塘倚御渠，江城三詔換魚書。賈生辭賦恨流落，祇向長沙住歲餘。文帝歲餘思賈生。

烟深苔巷唱樵兒，花落寒輕倦客歸。藤岸竹洲相掩映，滿池春雨鸊鵜飛。

出宮人二首

閑吹玉殿昭華管，醉折梨園縹蒂花。十年一夢歸人世，絳縷猶封繫臂紗。

彙評：

明・周珽等《唐詩選脉會通評林》：前追思昔時之虛寵，後嘆想今日之空花。蓋人生幻世，榮瘁喧寂，總屬夢中，何獨宮人然？退而猶戀繫臂之紗，尤是世人常態。

平陽拊背穿馳道，銅雀分香下璧門。幾向綴珠深殿裏，妒抛羞態臥黄昏。

長安秋望

樓倚霜樹外，鏡天無一毫。南山與秋色，氣勢兩相高。

彙評：

宋・陳師道《後山詩話》：世稱杜牧「南山與秋色，氣勢兩相高」爲警絶。而子美才用一句，語益工，曰「千崖秋氣高」也。

清・翁方綱《石洲詩話》：詩不但因時，抑且因地。如杜牧之云「南山與秋色，氣勢兩相高」，此必是陝西之終南山；若以咏江西之廬山、廣東之羅浮，便不是矣。

醉眠

秋醪雨中熟，寒齋落葉中。幽人本多睡，更酌一樽空。

杏園

夜來微雨洗芳塵，公子驊騮步貼勻。莫怪杏園憔悴去，滿城多少插花人。

春晚題韋家亭子

擁鼻侵襟花草香，高臺春去恨茫茫。蔫紅半落平池晚，曲渚飄成錦一張。

雪晴訪趙嘏街西所居三韵

命代風騷將，誰登李杜壇。少陵鯨海動，翰苑鶴天寒。今日訪君還有意，三條冰雪獨來看。

將赴吳興登樂游原一絶

清時有味是無能，閑愛孤雲静愛僧。欲把一麾江海去，樂游原上望昭陵。

彙評：

清·張文蓀《唐賢清雅集》：昭陵爲唐創業守成英主，後世子孫陵夷不振，故牧之于去國時登高寄慨，詞意渾含，得風人遺意。

《詩境淺説續編》：司勛將遠宦吴興，登樂游原而遥望昭陵，追懷貞觀，有江湖魏闕之思。前二句詩意尤深。

洛陽長句二首

草色人心相與閑，是非名利有無間。橋横落照虹堪畫，樹鎖千門鳥自還。芝蓋不來雲杳杳，仙舟何處水潺潺？君王謙讓泥金事〔一〕，蒼翠空高萬歲山。

選注：

〔一〕泥金事：謂帝王封禪之事。

彙評：

《瀛奎律髓》：唐自天寶以後，不復駕幸東都，此詩有望幸之意。『樹鎖千門』一句極佳。『芝蓋』、『仙舟』乃指緱山王喬事及李、郭事，亦切。

清·查慎行《初白庵詩評》：結句得體，詞亦典贍風華。

天漢東穿白玉京〔一〕，日華浮動翠光生。橋邊游女佩環委，波底上陽金碧明。月鎖名園孤鶴唳，川酣秋夢鑿龍聲。連昌綉嶺〔二〕行宫在，玉輦何時父老迎？

選注：

〔一〕白玉京：傳説中天帝居所。此指東都洛陽。

〔二〕連昌綉嶺：唐高宗時所建二宫名，故址分别在今河南宜陽與陝縣。

東都送鄭處誨校書歸上都

悠悠渠水清，雨霽洛陽城。槿墮初開艷，蟬聞第一聲。故人容易去，白髮等閑生。此别無多語，期君晦盛名。

故洛陽城有感

一片宫墻當道危，行人爲汝去遲遲。罼圭苑裏秋風後，平樂館前斜日時。錮黨〔一〕豈能留漢鼎，清談空解識胡兒〔二〕。千燒萬戰坤靈死，慘慘終年鳥雀悲。

選注：

〔一〕錮黨：謂東漢反宦官擅權的黨錮之禍。

〔二〕清談句：晉王衍尚清談，曾觀石勒有异志，謂其將爲天下之患。

揚州三首

煬帝雷塘〔一〕土，迷藏有舊樓〔二〕。誰家唱《水調》，煬帝鑿汴渠成，自造《水調》。明月滿揚州。駿馬宜閑出，千金好暗投。喧闐〔三〕醉年少，半脱紫茸裘。

選注：

〔一〕雷塘：在揚州城北，唐初隋煬帝自吴公臺遷葬于此。

〔二〕舊樓：指迷樓，爲煬帝所建游樂之所。

〔三〕喧闐：喧嘩，熱鬧。

彙評：

《唐賢清雅集》：絶世風調。

秋風放螢苑，春草鬥鷄臺。金絡擎雕去，鸞環拾翠來。蜀船紅錦重，越橐水沉堆。處處皆華表，淮王奈却迴。

街垂千步柳，霞映兩重城。天碧臺閣麗，風凉歌管清。纖腰間長袖，玉佩雜繁纓。柂軸〔一〕誠爲壯，豪華不可名。自是荒淫罪，何妨作帝京。

選注：

〔一〕柂軸：語出南朝宋鮑照《蕪城賦》『柂以漕渠，軸以昆岡』，謂揚州形勝。柂（音舵），溝通。

潤州二首

句吴亭東千里秋，放歌曾作昔年游。青苔寺裏無馬迹，緑水橋邊多酒樓。大抵南朝皆曠達，可憐東晉最風流。月明更想桓伊〔一〕在，一笛聞吹《出塞》愁。

選注：

〔一〕桓伊：字子野，東晉人，善吹笛。

彙評：

《東岩草堂評訂唐詩鼓吹》：潤州南枕大江，東連吴會，一起曰『千里秋』，便將潤州寫得分外出色；亭東一望，千里清光，不覺有感于昔年之游也；三、四承之，是因昔年而有感于目前……盛衰在目，良可慨也……杜公一生不拘細行，意氣閑逸，觀其胸中眼底，必深有旨乎晉人風味矣！

謝朓詩中佳麗地〔一〕，夫差傳裏水犀軍〔二〕。城高鐵瓮横强弩，潤州城，孫權築，號爲鐵瓮。柳暗朱樓多夢雲。畫角愛飄江北去，釣歌長向月中聞。揚州塵土試迴首，不惜千金借與君。

選注：

〔一〕佳麗地：謝朓爲南齊詩人，其《入朝曲》有『江南佳麗地，金陵帝王州』之句。

〔二〕水犀軍：吴王夫差所用穿着水犀皮軍服的軍隊。

題揚州禪智寺

雨過一蟬噪，飄蕭松桂秋。青苔滿階砌，白鳥故遲留。暮靄生深樹，斜陽下小樓。誰知竹西路，歌吹是揚州。

彙評：

清・余成教《石園詩話》：杜司勛詩『誰家唱《水調》，明月滿揚州』、『誰知竹西路，歌吹是揚州』、『揚州塵土試迴首，不惜千金借與君』、『二十四橋明月夜，玉人何處教吹簫』、『春風十里揚州路，卷上珠簾總不如』、『十年一覺揚州夢，贏得青樓薄幸名』，何其善言揚州也！

近代・高步瀛《唐宋詩舉要》：結筆寫寺之幽靜，尤爲得神。

西江懷古

上吞巴漢控瀟湘，怒似連山净鏡光。魏帝縫囊真戲劇，苻堅投棰更荒唐。千秋釣艇歌《明月》，萬里沙鷗弄夕陽。范蠡清塵何寂寞，好風唯屬往來商。

江南春絶句

千里鶯啼緑映紅，水村山郭酒旗風。南朝四百八十寺，多少樓臺烟雨中。

彙評：

清・黄生《唐詩摘鈔》：曰『烟雨中』，則非真有樓臺矣，感南朝遺迹之湮滅而語，特不直説……不曰樓臺已毁，而曰『多少樓臺烟雨中』，皆見立言之妙。

《唐賢小三昧集續集》：字字着色畫。此種風調，樊川所獨擅。

《唐人萬首絶句選評》：二十八字中寫出江南春景，真有吴道子于大同殿畫嘉陵山水手段，更恐畫不能到此耳。

《詩境淺説續編》：前二句言江南之景，渡江梅柳，芳信早傳，袁隨園詩所謂『十里烟籠村店晚，一枝風壓酒旗偏』，絶妙恵崇圖畫也。後言南朝寺院多在山水勝處，有四百八十寺之多，况空濛烟雨之時，罨畫樓臺，益增佳景。

將赴宣州留題揚州禪智寺

故里溪頭松柏雙，來時盡日倚松窗。杜陵隋苑已絶國，秋晚南游更渡江。

題宣州開元寺水閣，閣下宛溪，夾溪居人

六朝文物草連空，天淡雲閑今古同。鳥去鳥來山色裏，人歌人哭水聲中。深秋簾幕千家雨，落日樓臺一笛風。惆悵無因見范蠡，參差烟樹五湖東。

彙評：

清·楊逢春《唐詩繹》：此詩言人事有變易，而清景則古今不變易。『今古同』三字，詩旨點眼，全身提筆。

清·屈復《唐詩成法》：一、二從宣州今古慨嘆而起，有飛動之勢。閑適題詩，却吊古。胸中眼中，別有緣故。氣甚豪放，晚唐不易得也。

清·薛雪《一瓢詩話》：杜牧之晚唐翹楚，名作頗多，而恃才縱筆處亦不少。如《題宣州開元寺水閣》，直造老杜門墻，豈特人稱小杜而已哉？

宣州送裴坦判官往舒州，時牧欲赴官歸京

日暖泥融雪半消，行人芳草馬聲驕。九華山路雲遮寺，清弋江村柳拂橋。君意如鴻高的的，我心懸旆正搖搖。同來不得同歸去，故國逢春一寂寥。

彙評：

《貫華堂選批唐才子詩》：杜與裴俱爲宣州判官，是時杜拜殿中侍御史、内供奉，將歸京，裴却弃官游舒州，故杜送之以是詩。一寫時，二寫別，三寫舒州路，四寫歸京路，甚明。

句溪夏日送盧霈秀才歸王屋山，將欲赴舉

野店正紛泊，繭蠶初引絲。行人碧溪渡，繫馬綠楊枝。苒苒迹始去，悠悠心所期。秋山念君別，惆悵桂花時。

彙評：

《唐詩評選》：于生新取光響，自有風味。此種亦不自晚唐始。中唐人盡弃古體，以箋疏尺牘爲詩，六義之流風凋喪盡矣。樊川力回古調，以起百年之衰，雖氣未盛昌，而擺脱時蹊，自正始之遺澤也。顧華玉稱其温厚，洵爲知言。

自宣城赴官上京

瀟灑江湖十過秋，酒杯無日不遲留。謝公城畔溪驚夢，蘇小門前柳拂頭。千里雲山何處好，幾人襟韻一生休？塵冠挂却知閑事，終把蹉跎訪舊游。

彙評：

《貫華堂選批唐才子詩》：傳稱牧之豪邁有奇節，不爲齪齪小謹，此詩見之。

春末題池州弄水亭

使君四十四，兩佩左銅魚。爲吏非循吏，論書讀底書？晚花紅艷靜，

高樹綠陰初。亭宇清無比，溪山畫不如。嘉賓能嘯咏，宮妓巧妝梳。逐日愁皆碎，隨時醉有餘。偃須求五鼎[一]，陶祇愛吾廬[二]。趣向人皆异，賢豪莫笑渠。

選注：

〔一〕偃須句：偃指主父偃，漢武帝謀臣，曾説：『丈夫生不五鼎食，死即五鼎烹耳。』

〔二〕愛吾廬：晉陶淵明詩有『吾亦愛吾廬』句。

登池州九峰樓寄張祜

百感中來不自由，角聲孤起夕陽樓。碧山終日思無盡，芳草何年恨

即休。睫在眼前長不見，道非身外更何求。誰人得似張公子，千首詩輕萬户侯。

彙評：

宋·王直方《王直方詩話》：小杜守秋浦，與祜爲詩友，酷愛祜《宮詞》，贈詩曰：『如何故國三千里，虚唱歌詞滿六宮。』

齊安郡晚秋

柳岸風來影漸疏，使君家似野人居。雲容水態還堪賞，嘯志歌懷亦自如。雨暗殘燈棋欲散，酒醒孤枕雁來初。可憐赤壁爭雄渡，唯有蓑翁坐釣魚。

彙評：

《貫華堂選批唐才子詩》：此詩寫盡世間無味，三復讀之，不勝嘆息。此解先寫景物亦漸盡，意氣亦漸平也。言當三春盛時，柳陰如幄，風暖如醉，使君戟門，高牙大角，此是何等盛事。乃曾幾何時，而風高柳疏，影落門静，使君蕭索遂同野人，可憐也。『還堪』，妙！雖曰不過殘山剩水，然亦何至遂盡人意。『亦自』，妙！然而見爲行歌坐嘯，實則已是聊爾應酬也。

九日齊山登高

江涵秋影雁初飛，與客携壺上翠微。塵世難逢開口笑，菊花須插滿頭歸。但將酩酊酬佳節，不用登臨恨落暉。古往今來祇如此，牛山何必獨沾衣〔二〕。

選注：

〔一〕牛山句：據《晏子春秋》載，齊景公游牛山，北臨其國城而流涕，從者亦泣。

彙評：

《瀛奎律髓》：此以「塵世」對「菊花」，開合抑揚，殊無斧鑿痕，又變體之俊者。後人得其法，則詩如禪家散聖矣。

《唐詩鼓吹箋注》：起句極妙。「江涵秋影」，俯有所思也；新雁初飛，仰有所見也。此七字中，已具無限神理，無限感慨。

《唐詩繹》：通體渾灝流轉，揮灑自然，猶見盛唐風格。

池州春送前進士蒯希逸

芳草復芳草，斷腸還斷腸。自然堪下泪，何必更殘陽。楚岸千萬里，燕鴻三兩行。有家歸不得，况舉別君觴。

齊安郡中偶題二首

兩竿落日溪橋上，半縷輕烟柳影中。多少緑荷相倚恨，一時迴首背西風。

彙評：

《唐賢清雅集》：極失意時極有趣景，極無理話極入情詩，胸中別有天地。

秋聲無不攪離心，夢澤蒹葭楚雨深。自滴階前大梧葉，干君何事動哀吟？

齊安郡後池絶句

菱透浮萍緑錦池，夏鶯千囀弄薔薇。盡日無人看微雨，鴛鴦相對浴紅衣。

題齊安城樓

嗚軋江樓角一聲，微陽瀲瀲落寒汀。不用憑欄苦迴首，故鄉七十五長亭。

彙評：

《唐詩箋注》：角聲初動，微陽將落，登樓盼望，能無故鄉之思？乃曰『不用憑欄苦迴首，故鄉七十五長亭』，則別緒茫茫，不堪迴首矣。

《詩境淺説續編》：凡客子登高，鄉山遥望，已情所難堪。今言料無歸計，不用迴頭，其心愈苦矣。

見劉秀才與池州妓別

遠風南浦萬重波，未似生離別恨多。楚管能吹柳花怨，吴姬争唱《竹枝歌》。金釵横處緑雲墮，玉箸凝時紅粉和。待得枚皋相見日，自應妝鏡笑蹉跎。

憶齊安郡

平生睡足處，雲夢澤南州。一夜風欺竹，連江雨送秋。格卑常汩汩，力學強悠悠。終掉塵中手，瀟湘釣漫流。

彙評：

《唐賢清雅集》：唐賢佳處尤在對句圓足，試看『連江雨送秋』五字是何等力量！

池州清溪

弄溪終日到黃昏，照數秋來白髮根。何物賴君千遍洗，筆頭塵土漸無痕。

即事黃州作

因思上黨三年戰，閑咏周公七月詩。竹帛未聞書死節，丹青空見畫靈旗。蕭條井邑如魚尾，早晚干戈識虎皮。莫笑一麾東下計，滿江秋浪碧參差。